인연의 향기

인연의 향기

초판 1쇄 발행 2021년 12월 15일

지 은 이	박무성
발 행 인	권선복
편 집	오동희
디 자 인	노유경
전 자 책	노유경
발 행 처	도서출판 행복에너지
출판등록	제315-2011-000035호
주 소	(157-010) 서울특별시 강서구 화곡로 232
전 화	010-3267-6277, 02-2698-0404
팩 스	0303-0799-1560
홈페이지	www.happybook.or.kr
이 메 일	ksbdata@daum.net

값 13,500원

ISBN 979-11-5602-945-8 (03810)

도서출판 행복에너지는 독자 여러분의 아이디어와 원고 투고를 기다립니다. 책으로 만들기
를 원하는 콘텐츠가 있으신 분은 이메일이나 홈페이지를 통해 간단한 기획서와 기획 의도,
연락처 등을 보내주십시오. 행복에너지의 문은 언제나 활짝 열려 있습니다.

인연의 향기

박무성 시집

도서
출판 행복에너지

시인의 말

그 무엇을 꿈꾸며
그 누구를 그리워하며
사랑의 마음으로 살아간다는 것
진정 행복한 사람 – 바로 당신입니다

수많은 만남 속에서
아름다운 인연이 되어
기쁨 서로 나누며 즐겁게 살아간다는 것
정말 축복받은 사람 – 바로 당신입니다

한 번의 웃음으로도 다가오는
사랑과 행복 소중히 간직하며
오늘도
내일도
풋풋하고 향기로운 미소 속에
우리 모두의
아름다운 삶 되기를 소망합니다

2021.10.

박무성

목차

제2부. 지금도 그곳에는

제3부. 은혜의 빛

제4부. 물망초 사랑

제5부. 삶의 독백

제1부

인연의
향기

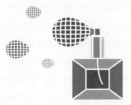

인연의 향기

향기 없는 꽃 없듯이
너 없는 나도 없다

알알이 맺힌 그리움에
줄줄이 열리는 사랑

미소 띤 얼굴보다 예쁜 것 없고
용서하는 마음보다 더 고운 것 없다

들꽃으로 살아도 그러하라고
별빛으로 살아도 그리하라고

행복의 빛 줄기에
가득 널린
인연의 향기

아, 이제는
외로워도 좋겠네

생명의 소리

호수에 비친 달
스산한 어둠의 바람
괴로워했다

이글거리는 독수리의 눈으로
한낮
빈 들녘에 우글거리는
빛들의 광란 쏘아보았다

현재는
늘 과거에 똬리 틀고
꽃피고
꽃지고
흘러가는
세월의 소리 지내들었다

메마른 땅거죽
후비며 뒹구는
초록빛 봄비를 본다
싱그런
생명의 소리 들린다

자작나무

자작자작 자작나무
울 할머니 불쏘시개
"아이고 속 시원히 자작자작 잘도 탄다"
멋쩍은 헛웃음
깊은 주름 실룩실룩

"영감영감 우리 영감 그 어디에 계시오
이 할멈 혼자 두고 어찌 그리 무심하오
자작자작 보고 지고
자작자작 돌아오소"
아궁이 뒤적뒤적
부지깽이 토닥토닥

울 할머니 자작자작
설운 맘 타는 소리

울 할머니 자작자작
한 세월 가는 소리

무궁화

눈가에 맴도는
그 사랑 어디메뇨

맘속에 싹트는
그 정성 어디메뇨

질펀한
어둠의 둥지에서
찬란한 아침을 부른 열정

움푹패인 상흔에 돋아난
화사한 미소

잊혀진 날들마저
기쁨으로 돌아와
꽃잎마다
알알이 맺히는 환희

방방곡곡 영원히
그 고운 이름 앞에
가지마다
줄줄이 열리는 광명

우아하고 단아한 모습
질기디질긴 생명의 꽃
무 궁 화

오, 그 사랑 어디메뇨
그 정성 또 어디메뇨

사랑의 진실

그리움은 기다림 되고
기다림은 그리움 되고

멀리 있어도
가까이 있어도
그 마음 하나인 것은
그리움의 허물일까
기다림의 집착일까

그리움 없는 기다림
어디 있으랴
기다림 없는 그리움
어디 있으랴
그 마음 하나인 것은

그대 그리워하는
기다림이야

그대 기다리는
그리움이야

아카시아 꽃

아카시아 꽃 필 때면
꽃구름 되더이다

아리듯 시린 향기
옛 그리움 불러놓고
탐스레 일렁일렁
황홀하게 하더이다

아카시아꽃 질 때면
나그네 되더이다

농익은 바람결에
나폴나폴 꽃 나비 되어
외줄기 소낙비처럼
속절없이 가더이다

억새는 밤에 슬펐다

오라 오라 밤바람이여

칠흑의 어둠 헤치고 오라
까칠한 산허리 후비며 오라
어제의 아픔에 숨어
떨고 있는 내게로

조각달
댕그러니
조용히 내리는 그리움
아, 먼발치 사랑고백

온몸으로 춤춰야겠다
몸부림치며 울어야겠다

홀로이어도 그래야 한다
밤마다
밤마다

나 여기 있다고

어떤 미소

높은 산
꼭대기에
집짓고 살자

하늘가에다,

세월아
구름아
잠시 쉬었다 가게나
바람도 한 점 없는데

기어이
흘러 간다네
그 마음 알 수가 없네

산마루에 앉은
큰 바위
빙그레
웃는다

청산 가자

아가야 청산 가자
훠이훠이
님 마중 가듯

서럽도록 그리운 날
또다시 오거들랑
흰머리 고이 빗고
나비처럼 청산 가자

녹음방초 청산 계곡
꾀꼬리 소리 왁자한 날

청산에 내 살거든
청산에 네 살거든

어허야 둥기둥당
스치는 바람이라

아가야 청산 가자
훠이훠이 청산 가자

아가야 청산 가자
휘이휘이
달 마중 가듯

애타도록 보고픈 님
또다시 찾거들랑
옷 단장 고이 하고
들꽃처럼 청산 가자

달빛 고인 청산 계곡
소쩍새 울음 구성진 밤

청산에 네 살거든
청산에 내 살거든

어허야 둥기둥당
떠도는 구름이라

아가야 청산 가자
휘이휘이 청산 가자

염원

태양,
훨훨 타오른 후에야
아늑한 밤이 온다

어둠,
짙게 내린 후에야
새로운 날이 온다

잠자는 영웅들이시여
영광의 날 꿈꾸어라

먹구름 몰아내는
숨 가쁜 바람처럼
오늘을 뛰어라

웅크린 이상 활짝 펴고
거친 광야를 달려라

눈부시게 푸르른
그대의 날
오리니

가을빛 유산

울긋불긋
넘치는 사치
아롱다롱
지나친 유혹

어쩌면 이토록
고운 사랑이야

어쩌면 저토록
아름다운 이별이야

갈 햇살에 춤추는
천연의 빛 너울

낙엽소리마저 감미로운
천상의 노래

오, 황홀한
가을빛 유산이여

연리지 사랑

서로 다른 나뭇가지
한 몸 되었네

불룩 튀어나온 만남의 상처
보듬고 의지하며
어엿한 두 가지
하늘 끝에 걸렸네

그리운 마음 알았을까
사랑의 눈빛 보았을까

운명의 한 가지
숙명의 또 한 가지

서로가 주인이듯
서로의 가슴에 파고들어
향기로운
인연의 꽃 피웠네

서로 다른 나뭇가지
하나 되었네

영원히 이별없는
천생연분 연리지

아름다운
사랑의 꽃 되었네

낙엽살이

푸르던 날들이야

아름다웠던 추억들이야

마음으로는
정녕 보낼 수가 없다

과거 없는 삶이 없고
아픔 없는 이별도 없다

신록이야
단풍이야
내일의 낙엽이야

바스락
싸르-르
한세상 빗장 소리

아량

무명초의 설움 헤아리듯
너그러운 마음으로
용서하고 베푸는 삶보다
더 큰 사랑도 없다

우리는
생각대로의 삶이 아니라
생각나게 하는 삶
그것보다
더 아름다운 행복도 없다

낙엽의 방황 슬퍼하듯
넓은 마음으로
위로하고 배려하는 삶보다
더 큰 위안도 없다

우리는
보는 대로의 삶이 아니라
보고파지게 하는 삶
그것보다
더 탐스런 인연도 없다

호수에 잠든 전설

꼬불꼬불 산길로
굽이굽이 물길로
몇 번을 넘고 돌아
외길 따라 한나절 길
산 병풍 겹겹이 치고
하늘 한 뼘 틔웠어라

아롱다롱 온갖 꽃들 지천이던 그 봄날에
울긋불긋 고운 단풍 만산이던 가을날에
소쩍새 구슬피 울어 적막강산 녹였어라

속살 훤히 드러낸 채 구비치던 반변천이여
노송 회양목 늘 푸르던 기암절벽 섬산 격진령이여
은빛 물고기 떼 솟구치던 도연 용초 폭포여
깊으네 골 벼랑 위에 학처럼 앉은 선찰사여
아, 한 치도 더 덜이 없는 지상낙원 이었어라

임자 잃은 산천은
불치로 버림받고
주인 떠난 전답들은
원시로 드러눕고

님들의 정 오롯이 배인
초가삼간 어딜 갔나

오, 두메산골 조상님들이시여
호수에 잠든 전설들이시여

무심히 찰랑대는
저 푸른 물결 위로
오늘 같은 그 날의 석양
그리움에 붉게 탄다

아직도 아궁이 가득
시뻘건 장작불 이글거린다
굴뚝마다 하얀 연기
모락모락 피어오른다

아, 구수한 된장국
냄새가 난다

등산 가는 날

가파른 등산로
어느새 앞장선 아들
여린 손 내밀어
이끌어 준다

내 것 아닌
또 다른
나의 손 잡았다

뜨겁다

이글거리던 태양
툭! 떨어져
사르르
녹는다

믿는다고,

사랑한다고,

님을 위한 기도

그대의 시련과 절망
눈물까지도 나의 사랑이 되고
그대의 현재와 미래
과거까지도 나의 희망이 되게 하소서

그대 향한 믿음만으로
서럽지 않는 마음이 되고
그대 향한 미소만으로
두렵지 않는 벗 되기를

그대 행복의 길이라면
내일 없는 오늘이어도 좋다
그대 기쁨의 길이라면
봄을 기다리지 않는 겨울이어도 좋다

오직 그대
내 인생의 주인공으로
아름다운 삶이 되게 하소서
그리하여
나의 삶이
그대의 그림자로 영원하기를!

자유의 그늘에서

자유여,
동토의 어둠 밝히며 오라
시퍼런 칼날 위
춤추며 오라

당연한 공감
온전한 공유
그것으로
그대의 진실 밝히라

하늘과 땅
우리가 사는 어느 곳에나
움츠리지 않는 그대가 되어
훨 훨 날으는
푸른 이상으로
그 이름 빛나게 하라

고요히
고요히
내리는 찬사의 빛
그 아름다운
진리로 영원하라

자유여,
그 이름 앞세우지 않아도
그 의미 잊고 산다 하여도
기꺼이 즐거운
나의 삶 되는 것은
그대의
고귀한 선물이리

자유의 그늘에서

마음 속 거울에 비친
그대 향한
위선의 그림자
들여다 보며

겨울비

길을 잃었나
음울한 시공에
애잔한 선율 튕기듯
추적
추적

때를 잊었나
가여운 님들의
초라한 심상 조롱하듯
비틀
비틀

으스스한 겨울비
돌아온
잿빛 그림자들의 난무

아, 갈증이 난다

제2부

지금도
그곳에는

능소화

불그스름 꽃송이
줄기마다 주절주절
발그레한 얼굴에
꽃잎 입술 파르르
수줍어
고개 숙인 채
탐스럽게도 피었구려

한적한 들길 가
깔때기 홍등 밝히고
"나 좀 봐 주실래요"
가는 발길 막아서네
취한 듯
한들거리며
어여삐도 피었구려

지금도 그곳에는

마당 가득
검붉은 감 나뭇잎들
찬바람에 이리저리
비틀대고 있을 테지

토담 밑
누-런 호박덩이
찬이슬에 바들바들
웅크리고 있을 테지

아직도 내 어머니
해쓱한 달님처럼
어스레한 동구밖에
서성이고 계시온지

스산한 들녘
허수아비의 애수처럼
향수의 옛 그림자
온 가슴을 메운다

그리운 옛 님들
벌써 가고 없는데

눈에 선한 고향 산천
이미 숨어 버렸는데

봄 나그네

파란 미소
푸른 날개

떠돌이 바람도
침묵의 날들도
싱그런 신록의
연인 되었네

빨강 노랑 꽃물들
알록달록 꽃 섬들
화사한 봄 너울의
사랑 되었네

푸근히 눌러앉을
겨를도 없이
후끈한 바람 타고
서둘러 산을 넘네

위안

밖에 있는 행운보다
안에 있는 행복이 좋다

떠나 있는 그리움보다
곁에 있는 사랑이 좋다

멀리 있는 관심보다
앞에 있는 배려가 좋다

행복. 사랑. 배려
남을 위한 나의 것
나를 위한 남의 것

가까운 것들의
큰 의미
그래서 더 좋다

민들레꽃

길섶에 고이 앉은
하얀 민들레꽃
배시시 웃었다

수줍어 감춰둔
"내 사랑을 드려요"
너였다

나의 꽃이
웃어 주었다
따라 웃었다

행복의 꽃 되었다

귀로에서 마주한
노란 민들레꽃
살며시 웃었다

뜨거워서 말 못한
"행복과 감사를 드려요"
너였다

나의 꽃이
믿어 주었다
따라 믿었다

사랑의 꽃 되었다

실버들

치렁치렁 청 나래
태연스레 휘휘

휘청휘청 춤사위
능청스레 훌훌

멋 스런 풍류
근엄한 몸짓

비틀거리는 시선

아, 자유는
이미
정신을 잃었다

넋두리

날뛰는 먹구름
할퀴는 바람
매서운 빗발
오, 우울한 날의 광경이여

여린 꽃잎 춤추게 할 뿐
싹쓸바람 아니되오
시든 강산 퍼덕이게 할 뿐
억수장마 아니되오

그 누구의
그 무엇들의
절망과 상처
오, 비감 곡예의 막장이여

오도카니
하늘 향해
헛기침한다

천사의 꿈

날아도
날아도
하늘은 없었다

흘러도
흘러도
바다는 없었다

찬바람에 떨고 있는 나목

침묵마저 서러운
자유 없는 자유인

오늘도
달빛에 앉아
사랑노래 부른다

걸어도
걸어도
머무를 곳은 없었다

불러도
불러도
메아리는 없었다

찬이슬에 떨고 있는 들꽃

웃음마저 고달픈
낭만 없는 낭만인

오늘도
별빛에 기대어
행복의 날 부른다

그날

꽃잎에도
낙엽 있네

사랑에도
눈물 있네

아름다운 것에는
그리움의 아픔 있었네

잊을 수 없어서
돌아갈 수 없어서

그 봄날
그 사람
늘
가슴에 있네

숨어 피는 꽃

황금 바람에 젖은 달빛
구름 뒤에 숨었다

유혹 바람에 타는 달빛
서산 너머에 숨었다

길목마다
산산이 부서진
나그네 달빛

노랗게
노랗게

어두운 밤
숨어 피는
달맞이꽃 되었다

신록기행

연둣빛 유혹에
꿈꾸노라

그 어디서
새 한 마리 푸더덕 날면
꽃 한 송이 배시시 웃으면
어쩌나

가버린 것도
머무는 것도 없이
사라진 듯
돌아올 줄이야

초록빛 너울에
침묵하노라

그 언젠가
찬바람 불어오면
눈이라도 내리면
어쩌나

본 것도
느낀 것도 없이
멈춘 듯
떠날 줄이야

산중 편지

어둠 깔린 산속
비틀거리는 촛불처럼
가을비 애처롭습니다

비 먹은 들국화 향기 묽게 떠돌고
비 젖은 달빛 창가 외롭습니다

정겨운 개울물 소리마저
빗소리에 묻힌 밤
뜬금없이
베갯잇 적시는
그리움은 다 무엇입니까
기다림은 또 무엇이구요

오직 내 것이라면
물려받은 빈 몸뚱이 하나뿐
그 어디에도 내 것 없다는 걸 알면서
그 무슨 호사스런 망상이랍니까
허 허,
새벽이나 불러야겠습니다

기러기 울음 떠난
빈 하늘에
풍성한 뭉게구름
만상으로 피어나고
온 산은 단풍으로
고이 물들어 갑니다

그 화려한 날 뒤에는
하얀 눈
백발처럼 흩날릴 테지요
하얀 추억
수북이 쌓일 테구요

보는 것 모두가 아름답습니다
느끼는 것 모두가 사랑입니다

낙화

님 바람
한 줄기
꽃눈이 훨훨

스치듯
오시는 정
꽃비가 홀홀

싱숭생숭 봄기운에
요리조리
폴락폴락

어여쁜
우리 누이
꽃신 신고
춤추듯이

노을

붉은 장미의 눈물
훅,
불그레 물든 서쪽 하늘
황홀한 경지
오, 광명한 날의 피날레여

유혹의 바람 그쳤다
막연한 동경 멎었다

맑은 어둠 사이로
어슬렁거리는 황혼

갈 길 바쁜 나그네여
먼 듯
가까운 듯
저 노을길
어찌하리

강 건너 마을

밤마다
초롱한 별들
쏟아져 내리고
희미한 등잔불 빛
적막의 어둠 밝히는 곳

검게 그을린 얼굴에
천연의 미소 지으며
아기자기 도란도란
순박한 사람들 모여 사는 곳

꽃향기에 묻혀있네
새소리 흥겹다네
눈에 선한 그 모습
정녕 못 잊을레라

강 건너 작은 마을
아스라한 풍경 소리

너울너울 춤추며 온다
가슴에 와락 안긴다

아카시아꽃 흐드러진
강변을 따라

실버들 휘 늘어진
들길을 따라

호젓이
걸었으면 좋을레라

나직이 흐르는 환상의 강
설움의 어머니 강

거슬러

거슬러

인동초

하양 노랑
순결 방울

조롱조롱
여린 사랑

알싸한 그 향기
절로 아픔 도려내듯
하늘하늘 생기의 꽃
반짝이는 별이 됐네

뒤바람 일지 마오
된서리 앉지 마오

서리서리 얽힌 설움
아, 파아란
저 하늘 길

사랑이야

밤비처럼 감미롭고
바위처럼 변함없는
사랑이야

그대 맘에 들어가 머물지 않아도
그대 모습 저 멀리서 바라보지 않아도
흥겨운 사랑이야
애틋한 사랑이야

나만의 것이면 어떠리
그대만의 것이면 또 어떠리

입가에 엷은 미소 피어나는 사랑이야
눈가에 아롱아롱 젖어드는 사랑이야

마지막
운명의 종소리가 울릴 때까지
내 사랑의 독백은
그대 귓전에 영원하리

아, 우리 사랑
아름다운 사랑이야

가로등

발아래,
나뒹구는 꽃잎의 방황
웅크린 낙엽의 침묵
맴돌다 꼬꾸라지는
불나방의 비애

해거름에 안달하듯
한낮의 전사들
칭얼거린다

태양아 솟아라
나의 작은 빛으로는

하얗게 지새는
밤
밤
그 밤들이
서럽다

저 멀리
해쓱한
가로등 불빛
오, 외로운 동반자여
그리운 이
또
어디서 오는가

비가 온다
눈이 내린다
바람이 분다

그 세월
누구라서
오늘 여기에

갈잎의 노래

구름 떠난 빈 하늘
저리 푸르러
마음 하나 그리워지면
어찌하리오

쭈그렁 잎
깔딱깔딱
낙엽처럼 섧은 날

아, 하늘이 간다

오고야 마는 내일 또
그리 푸르러
가슴 가득 기다려지면
어찌하리오

마른 가지
윙 윙 윙
바람결에 우는 날

아, 구름이 간다

제3부

은혜의 빛

욕망의 늪

요란한 빈 수레에
무지개 꽃 피었다

뜬구름은
단비를 뿌릴 수 없다

진실의 꽃은
깊은 향기로 영원할 뿐
제 아름다움
드러내지 않는다

달콤한 낭만의 꿈 아파해야지
번지레한 욕망의 날개 접어야 하지

홀로 앉은 빈 술잔
쨍그랑!

너처럼 슬펐다

나의 노래

어제는
바람을 세월이라 말하더니
오늘은
구름을 인생이라 말하시네
꽃
나무
또 다른 그 무엇들
사랑이라 노래하는
당신은 누구십니까?

하늘 베고 바다에 누웠다가
어둠 안고 황야에 누웠다가
별
달
또 다른 그 무엇들
그리움이라 노래하는
당신은 누구십니까?

행복을 부르며
꿈 팔러 다니는
당신은 누구십니까?

들길

천진한 들꽃의 미소
풋풋한 들풀의 향기
거기에 있었네

실바람의 감흥
흙냄새의 위안
거기에 있었네

온 가슴
채울 수 있어 좋다네
온 마음
비울 수 있어 좋다네

외로움 앉을까 봐
찾아 간다네

달콤한 속삭임 있어
또 걸어 간다네

허수아비

누더기 옷에 해진 모자
시커먼 눈썹에 시뻘건 입술
삐딱이 너풀너풀
어허야 어릿광대

낮에는 햇님 안고
밤에는 달님 품고
산새 들새 노래에다
들꽃 향기 흠뻑 취해
엉거주춤 더덩실
어허야 풍월주인

풍요의 들판인들
어떠리

빈곤의 들녘인들
어떠리

석양이 노을을 토할 때도
부나방 불꽃 속을 헤맬 때도
모른다
모른다 하네

삶의 멍에 내려놓고
풍진 세상 돌아앉아
어허야 허수아비
모른다
모른다 하네

비정

안개
해돋이 조롱하듯

보잘것없는 존재로
구름 잡아
하늘 가리고
마구
세상을 그린다

건들바람에 나뒹구는
낙엽의 방황
그 설움
모르면서

된바람에 울부짖는
억새들의 절규
그 탄식
모르면서

빈손

흐드러진 꽃길

홀로

눈에 들어오지 않네
빈 가슴이네

그 사람
손잡고 가면 좋으련만,

석양에 기대어

어둠에 쫓기는 석양이시여
그대가 흘린 노을 속에서
한 잔의
붉은 환희 마시노라

달님과
별님과
이름조차 없는 것들에게도
내 사랑의 마음 고백하며
그대 향한
붉은 감격에 취하노라

석양이시여
그대 오늘의 소멸은
곧 내일의 소생
아, 그 영원의 진리에
또 한 잔의
붉은 감탄에 젖노라

서산에 걸터앉은 석양이시여
그대가 뿌린 그림자들 속에서
한 잔의
붉은 추억 마시노라

바람과
구름과
생명조차 없는 것들에게도
내 사랑의 향기 날리며
그대 향한
붉은 감회에 취하노라

석양이시여
그대 오늘의 이별은
곧 내일의 재회
아, 그 불변의 진리에
또 한 잔의
붉은 경탄에 젖노라

아름다운 손

성한 손톱 하나 없는
님의 손 덕분으로

단꿈 꾸었으리

지문조차 간데없는
나무껍질처럼 굳어버린
님의 손 덕분으로

사랑 채웠으리

행복 누렸으리

시린 세월 절로 박힌
통한의 그 손
진정
아름다워라

소낙비

후드득
쏴-아
짜르-르

통쾌한 울림
자리자리한 전율

튀어 오르는 빗살들
뽀글거리는 물알들
촐랑대는 실물결
어느새
퍼덕이는 개울
회생의 날갯짓

주룩주룩
그리움 오는 소리
찰박찰박
외로움 밟는 소리

먼 하늘 열린다
새 생명 나리신다

고독 사냥

낡고 찌든
상념의 저 편에서
결코 외롭지 않는
상심의 해방구

바람과 구름
한 조각만으로도
기꺼이 쾌락을 엮는 낭만

시름과 번뇌
그 순간마저도
기꺼이 기쁨을 낚는 유랑

자유여
자연이여
오, 고독의 진리여

눈 뜬 자들이여 고독하여라
고독한 자들이여
진정 고독하여라

목련꽃 사랑

몽글몽글
청순한 소녀의
뽀오얀 설렘 한 방울

몽글몽글
도도한 여인의
자줏빛 미소 한 방울

아직도 초록도령
꿈속에 있는데
깨어날까 두려워
쳐다볼까 수줍어

후 두 둑!

만남 없는 그 봄 자리
울렁이는 그리움
숨바꼭질
사랑을 한다

그 사람

꿈으로 사는 그 사람
파란 하늘이어라

허공을 맴도는
잠자리의 운명인가

천둥소리 그리워하는
마른 잎새의 바램인가

평안을 마다하고
한결같은 마음으로
그 무엇을 기원하며
사랑을 불태우는 그 사람

"잘 될 거야, 힘내자
아직은 청춘이다, 걱정 마라"
마른 떡잎 같은 어깨
들썩이며
껄 껄
웃어주는 그 사람

가끔은
먼 산 바라보며
바람 되어
구름 되어
고독의 길을
자초하는 그 사람

오늘도
염원의 등불 되었네

아, 아버지
하늘같은 사람

여명

노랗게 달아오른
동녘 하늘

어둠과 밝음의 공존
경계에서
꿈틀대는 반전

아슴푸레 보이는 형상들
제 모습 찾기 바쁜데

오늘은 어떤 하루일까?

설레는
새날 맞이

은혜의 빛

태양 그리고 달과 별
밤낮 번갈아 세상 밝힌다

어둠의 자리 주고받으며
새로운 날 베풀어 준다

모두가 은인이다
은혜롭지 않은 것 없다

푸른 물결 넘실대던
은혜의 강
망설임 없이 흘러서 간다

새벽녘 바람처럼 사라져 간다

아직도
보은의 돛 올리지 못했는데,

멀거니 쳐다본 하늘
설익은 아침 햇살
눈부시게 떠오른다

영원

뒷산 언덕배기 노송 한 그루
배배 꼬인 가지에 눈꽃 피었다

비스듬히 누운 채로
찬바람에 휘청이며
처량한 듯 꿋꿋이
언제나 그 자리에

고독은 슬프지만
슬픈 날도 그리울 때가 있다

요란스레 피고 지는 꽃들
향기따라 분주한
벌 나비들의 비행

싱그럽던 초목들
단풍으로
낙엽으로

그렇게 가고
또 그렇게 오고

84

수없이 오가는 계절
절로 돌아와 있으니
노송의 세월
여기에 멈춘 것 아닐까

가버린 것도
돌아올 것도 없는
그대의 빈 자리는
무엇으로 존재하는가

비어있으므로 아름다운
저 늙은 소나무의
유유한 모습을 보라

영원하지 않으므로
영원한 것을,

가을비 오는 날

가을비 내리는 날에는
갈잎의 눈물 보인다

간절한
연민의 꽃 핀다

빼곡히
빼곡히
젖은 가슴에 들어서는
낡은
그리움의 조각들

그 날에는
남몰래 서러운
사랑이 된다

가을비 내리는 날에는
들꽃의 한숨 들린다

아득한
회상의 꽃 핀다

한없이
한없이
마른 가슴에 쌓이는
헤진
사랑의 조각들

그 날에는
못 잊어 그리운
연인이 된다

탈춤 추는 사계

봄날의 춤은 생동이야
여름날의 춤은 역동이야

지나친 화려
넘치는 너스레
아니라면
푸르른 날의 탈춤
율동미의 극치

세월의 춤사위에
탈춤 추는
봄
여름

울고 웃는 인생살이
탈춤 추는
광대놀이

가을날의 춤은 풍류야
겨울날의 춤은 절제야

지나친 사치
과도한 해학
아니라면
저무는 날의 탈춤
완숙미의 극치

세월의 춤사위에
탈춤 추는
가을
겨울

돌고 도는 세상살이
탈춤 추는
광대놀이

바람의 날

뒹구는 낙엽,
헛된 기다림에
절여진 애수

아직도 신록의 꿈
갈바람에 춤추는데
아, 스치듯 떠나는 오늘
덧없는
바람의 날이어라

허공의 뜬구름,
공연한 그리움에
가시돋힌 푸념

아직도 못 다한 정
노을처럼 불타는데
아, 오는 듯 떠나는 오늘
아쉬운
바람의 날이어라

제4부

물망초
사랑

그대가 되자

누구에게나
그대는 늘 존재하느니
꽃을 대하듯
밝은 미소로 다가서자

그대가
나의 의미를 알아주기 전에
그대의 향기가 되고
사랑이 되자

어느 곳에나
그대는 늘 존재하느니
하늘을 대하듯
티 없는 마음으로 다가서자

그대가
나의 가슴을 두드리기 전에
그대의 흙이 되고
나무가 되자

물망초 사랑

부르기도 전에 뜨거워지는
천둥처럼 목놓아 부르고 싶은
그 이름

못 잊을 그 정
회한으로 길이 남아
오늘도
그 이름 머리에 이고
바람 속을 헤매는
방랑자 되었습니다

아, 철부지 시절
그리도 불러대던 그 이름
이제는 그리움 됐네
허공으로 가시었네
떠나신 뒤에 후회한들
무슨 소용 있으리오

젖은 미소에 감춰진
당신의 그 이름은 사랑이었습니다

마른 눈물에 가려진
당신의 그 이름은 정성이었습니다

그 누가 그 이름을
어머니라 하였던가

누구라 그 이름을
눈물 없이 부를 손가

아직도 가슴 속 깊이
사랑의 물망초꽃
가득 피어 있는데

부르기도 전에 뜨거워지는
천둥처럼 목놓아 부르고 싶은
그 이름
어머니 어머니!

길

사랑으로
기쁨으로
길을 만나자

다정한 연인처럼
꽃피면 꽃이 되고
낙엽 지면 낙엽 되어
길을 만나자

행복 찾아
추억 찾아
길을 만나자

오랜 친구처럼
눈 오면 눈이 되고
비 오면 비가 되어
길을 만나자

그리움
뿌려놓을
길을 만나자

파란 낙엽

강물 위
설익은 낙엽
떠돌이 됐네

짧은 운명
아쉬운 듯
파란 하늘 쳐다보며
서둘러 떠나가네

파란 낙엽 한 잎
동 동 동
흘러가네

동 동 동
저 멀리
사라져가네

너럭바위

시냇가 너럭바위
그 누구를 닮았다

서리서리 물이끼
푸릇한 천연바위
그리움 이는 그 자리
고개 든 사랑이야

마른 가슴 달래주던
그 누구를 닮았다

산기슭 너럭바위
그 누구를 닮았다

얼기설기 서릿꽃
희끗한 천연바위
안심 돋는 그 자리
두둥실 청운이야

너그러이 손 내밀던
그 누구를 닮았다

별바라기

뻥 뚫린 밤하늘
총총 피어난
별꽃 무리

한 줄기 눈부신
유성 나비의 춤

허공으로
산곡으로
마구 쏘대는
바람마저 정겨운
별빛 가득 내리는 밤

하얗게 말라버린
소라껍데기의 향수처럼
눈 감아도 들려오는
파란 꿈의 신화

아,
별빛 가득 내리는 밤
내일의 꿈
맞으러 간다

편견

개구리야
우물 안 개구리야

그만한
자유와 행복
너만의
두루 안락한 낙원

내일을 꿈꾸지 않아도
한계 밖을 넘보지 않아도
너만의
두루 편안한 천국

우물 안 개구리야
너만의 넓은 세상

곁눈으로 보는,

이상을 꿈꾸시나요
우주를 보셨나요

숙명

한 치 앞을 모르는
인생의 주머니에
그 무엇 채우리오

영원한 이별의 순간
빈손으로 떠나매
그 무엇 바라리오

어쩌면 우린
웃음으로 떠날
아름다운 이별을 위해
사랑으로 사는지 모른다

살아 있으므로
눈물이
눈물을 낳게 하지 말아야지
아픔이
아픔을 돋게 하지 말아야지

우리의 삶은
위대하였으니

마음의 꽃

진한 그리움
그 하나만으로

설한 속에 피어난
소중한 꽃님이시여

달콤한 세상
꿈 잃은 향기
아니었기에
이토록 아름다운
꽃님 오셨으리

아, 축복으로 피어난
꽃님이시여

하얀 기다림
그 하나만으로

허공 속에 피어난
귀중한 꽃님이시여

풍요한 세상
길 잃은 천사
아니었기에
이토록 어여쁜
꽃님 맞았으리

아, 행복으로 피어난
꽃님이시여

달빛 소리

까만 어둠 사이로
그리움
내리는 소리

환상의 멜로디

주제 없는
낭만의 향연

스산한 밤바람 타고
외로움
부딪는 소리

환각의 선율

울림 없는
고독의 메아리

나그네 세월

오는 듯
가는 듯이
무한 시간의 질주

세월 나그네여
나그네 세월이여

저 늙은 대지를 깨워
늘 푸르른 날
머물게 하소서

저 낡은 상념을 깨워
고결한 지성
번뜩이게 하소서

그리하여
무한한 자유
춤추게 하소서

물길 유랑

첩첩산골 호젓한 바위틈에서
영롱한 방울로 치솟는 의미를
내 어찌 알리오

졸졸졸 실개천 따라
찰랑찰랑 강 길을 지나
검푸른 파도 넘실대는 대양에서
너울 춤추며 너스레 떠는 이유를
내 어찌 알리오

석양에 발버둥 치는
그림자의 비애처럼
구덩이에 주저앉아
제 몸으로 제 몸을 묻으며
고요 속에 빠져버린 이유를
내 어찌 알리오

물길 천리 길
끝없는 유랑의 길

떠나기 위해 멈추는 것들이여

멈추기 위해 떠나는 것들이여

도라지꽃

아직도 못다 한
그리움 있어
새하얀 꽃잎으로
하늘거리나

손으로는
도저히 만질 수 없는
어머니를 닮아 고귀한
가슴에 피는 꽃이여

아직도 못 잊을
사랑이 있어
보랏빛 꽃잎으로
하늘거리나

눈으로는
도저히 볼 수 없는
님을 닮아 황홀한
두 눈에 피는 꽃이여

내일로 가는 사람들

새벽 전철 안
귀에 익은
속삭임 하나

"애야 일어났니
밥 꼭 챙겨 먹고 나가거라
오늘도 힘내자 파이팅!"

가슴 찡한
그 소리
짧고도 긴 여운

정성
사랑 듬뿍
내일로 가는 사람들

희망
행복 가득
푸르러 푸르러

바람의 그림자

산들바람에
춤추는 꽃잎

상큼한 그 향기에
뭉게뭉게 피는 연심

풋내기 이별 사랑에
날개 돋힌 그리움

선들바람에
날리는 낙엽

허무한 그 세월에
피식피식 새는 한숨

저만치 오시는 정에
고삐 풀린 옛사랑

인생은 목마를 타고

싱그런 날들이야
그리 쉬이 떠나는 것

향기로운 날들이야
그리 빨리 끝나는 것

사랑이야
행복이야
흘러가는 구름이야

이별이야
슬픔이야
스쳐가는 바람이야

인생은
목마를 타고
갈 길 몰라 하는구나

하얀 날의 동화

환희도
설렘도 없는
허무의 바다

사랑도
기다림도 없는
고독의 나라

하얗게
하얗게
반짝이는
순결의 공간

아무도 없다
터 벅
터 벅
홀로 남겨진 발자국

괜스레 돋는 외로움
하얀 미소 그리운 날

저 멀리
연인의 모습 보인다
둘이기에
더 아름답다

뜬금없이
솟구치는 갈망

오, 여기 누가 없소?

독도여 영원하라

동쪽 바다
검푸른 파도 위에
외로이 우뚝 선
대한의 막내 독도여

거친 비바람 맞으며
거센 눈보라 안으며
민족의 염원 추켜들고
두 팔 벌린 동·서도
발아래 옹기종기 작은 영웅들이시여

얼룩진 역사의 뒤안길에서
그대는 언제나
민족수호의 의지 불태웠노라
그대 생각에
대한의 자손 모두의 가슴이 시려 오는 것은
그대의 명예를 오롯이 지켜 주지 못한
죄스러움 때문이라

유구한 역사와 함께 대대로 이어온 그대
자손만대 영원한 낙원으로 이어갈 그대

그대는 분명
대한의 숨결 펄떡이는
우리의 보물이요 보루이기에
절대로 소홀할 수 없음이라

그대는 분명
우리 민족의 자존심이기에
티끌만큼의 훼손도
한 치의 방심도
절대로 용납할 수 없음이라

우리 앞에
시련과 좌절이 있을 때마다
그대는
그 작은 몸으로
잠자는 우리의 가슴을
뜨거운 애국심으로 깨워주었노라

대한의 막내 독도여 영원하라
찬란한
대한의 등불이여 영원하라

제5부

삶의
독백

시월의 이별

저무는 가을
시들어가는
산과 들

빈 밤송이 툭 툭!
쭈그렁 홍시 퍽 퍽!

그 시절 길지 않으매
아쉬운 이별

그 이별 짧지 않으매
서러운 계절

돌아올 이별이야
떠나갈 만남이야

나팔꽃

햇빛 따라
별빛 따라
위로만 향하는
허공 속의 꽃이여

휘감고
기어올라

하양
빨강
분홍
보라

초롱 같은
꽃송이들
연초록 그물에
그네를 탄다

삶의 독백

늘 심신을 바로 하고
감사한 마음으로
가족과 이웃과 자신을 사랑하며
작은 도리에도 양심을 다 하며 살자

포부를 크게 하고
도전을 두려워하지 말 것이며
배움에 게으르지 말자

겸손으로 만인을 대하고
성심으로 매사를 대하며
탐욕과 사치를 멀리하자

밝은 지혜로 정의를 따르고
자연과 진리를 가까이 하며
늘 푸른 이상으로 깨어 있자

그리하여
멋진 나의 삶
기꺼이

즐기며 살자

파도

밀려온다
몰려온다
처-ㄹ-썩
암벽 가슴에 부서진다
주룩
눈물 쏟는다

"엄마" 소리치며 달려와
찰-싹
안기는 아이
자꾸만,

하얀 물보라
까무러친다
보일 듯
들릴 듯
아득한 전설
가슴에 드러눕는다
두 눈 꼬-옥,

그 꽃자리

화려한 도자기에
손때마저
반지르르
요염한 그 자태
금세라도 바람일 듯

어여삐 치장하고
호사스레
옹기종기
아름다운 그 모습
곱기 또한 일품이라

사치한
그 꽃자리
벌 나비 찾지 않네
창 밖 물끄러미

외면

오만의 꽃 한 송이
낭떠러지에 매달려
마른 향기 날린다

자만의 꽃 한 송이
바위틈에 홀로 피어
낡은 미소 흘린다

보는 이 없다
찾는 이도 없다
메아리
-돌아오지 않았다

꽃이기에
꽃이기에
멀리서

낙숫물

톡 톡…
처마 끝 낙숫물 소리
달콤한 속삭임

뭔지 알 수 없는
아련한 공상 속으로
살며시 안긴다

아늑하다

툭 툭…
낙숫물 맞이

손바닥에 와닿는
짜릿한 환희에 전율

사랑의 어루 꾀임

토 닥
토 닥
아득히 들려오는
엄마의 자장가 소리

복사꽃 연가

따사로운 봄볕
"간지러워요
수줍어요"
줄줄이
연분홍 미소 활짝
아름다워라

실없는 바람에 화들짝
자지러지듯
우 수 수
황홀하여라

외진 들녘
갈매 산기슭
거기에도 있었네

연분홍 사랑
홀로 고와
눈부시어라

양심의 소리

침묵에서 깨어난
진실의 울림

사랑과 기쁨
열리는 소리

희망과 용기
샘솟는 소리

말
말

정수처럼 걸러낸
티 없이 맑은
양심의 소리

달마중

가도 가도
그 자리에서
발길만 비추는 달님

구름 뒤에 숨었다가
얼굴 삐죽 내밀었다가

밤새 애태우며
눈길 한 번 안 주더니
어느새
어둠 안고
저 멀리 떠나셨네

마음

볼 수도
만질 수도 없는

형상도
실체도 없는 것이
사랑이 되고
미움이 되고

채우려
비우려

그릴 수도
느낄 수도 없는

안될 것도
못할 것도 없는 것이
웃음이 되고
눈물이 되고

감추려
나타내려

무명초

봄옷 그대로 입고
하얀 겨울
산비탈에 앉아
바들바들

언제까지?
누굴 기다리니?

아직도 너의 봄
저 멀리 있는데
어쩌려고,

강변에서

작열하는
태양의 유혹
저 멀리

흘러흘러
고단한 강물

이제는
반짝이는
작은 미소의 물결

밀려온다

벼랑 위
꽃
나무
춤추며 다가온다

겨울산 정취

희멀건 산등성이
앙칼진 바람에
억새들의 처절한 울림

바위는 침묵으로
초목은 체념으로
널브러진 절망의 상흔

다시 올 기다림으로
초연히

양지 녘 산허리
새콤달콤 향수 버무린
남쪽 나그네 바람

올올이 푸른 추억
겹겹이 붉은 정감
오지 않을 동경의 그림자

아득한 그리움으로
아련히

사부곡

막걸리 한 사발로 마른 가슴 적시우고
청춘가 흥타령에 노심초사 날리던 님
닳은 손
마디마디에
무지개 꽃 피었네

님이시여 어두운 밤 달빛 되어 오소서
하이얀 그리움이 안개처럼 피어날 때
앞마당
주안상 차려
님 청할까 하노라

꽃들은 만발하고 벌 나비 흥겨운데
인적 없는 무덤가 오매불망 서러운 님
사부곡
목놓아 불러
님 깨울까 하노라

그리운 나라

허영 놀이에

탐욕 놀음에

진리의 자리는
좁아만 간다

즐거움은
고뇌에 멍들고
진실은
허위에 주눅 들어
이상의 공간은
비어만 간다

저 산 너머에 있을까?

그리운
동심의 나라

아가별

반짝반짝 아가별
개구쟁이 귀여운 별
금빛으로
은빛으로
영롱하게 빛나는 별

방긋방긋 어여쁘게
온 세상
밝히는 별

깜빡깜빡 아가별
욕심쟁이 귀여운 별
사랑으로
희망으로
눈부시게 밝은 별

생글생글 아름답게
온 세상
비추는 별

하룻밤 천년기행

아스라한 천년의 세월
멈춘 듯 느릿한 강물
감돌아드는 한 가운데
덕지덕지 물이끼 달고
고요 속에 잠든 절벽의 섬산

벼랑 위, 용케도 뿌리내린
자그마한 노송 듬성듬성
회양목 무리 군데군데
몇 안 되는 식물들만이
골바람에 바들대며 푸른빛 내뿜고
겹겹이 에워싼 기암절벽 위 산들
한기 돋을 만큼
푸르다 못해 검게 번들거린다

적막강산의 어둠
구슬피 울어대는 밤새들
이따금 들리는 산짐승 울음소리
길게만 느껴지는 오싹한 시간
이마저도 그리워했던 날들

빠끔히 내민 희멀건 하늘
꺼무레한 산들의 옷 벗기며
아침을 재촉하듯 어둠의 숨통을 조인다

이때쯤, 그 어디에선가
새벽닭 울음소리 들릴 만도 한데
윙윙 산허리 부딪는 바람 소리뿐,
"이랴이랴"
농부님들 쟁기질하는 소리 들릴 만도 한데
시끌시끌 뭇새들의 울음소리뿐

아, 세월은 과연 흘러가는 것인가?
눈앞에 펼쳐진 세상은
분명 거꾸로 가는 세월
아마도 내 발길 닿는 곳은
문명의 세상일 진대,
가슴 먹먹해 온다

말간 하늘에 솔개 한 마리 빙 빙
더 깊은 천연으로
아득한 천년의 세월로

통통배 오는 소리 가까워진다
하얗게 갈라진 물기둥 잔잔해졌다
아스라한 천년세월의 모습으로

또 그렇게
섬산은 고요 속에 잠들었다

오늘도
그 어느 날의 옛날
아, 그리운 날들이야

구지 김숙
한국미협 초대작가
구지화실 대표

나는 박무성 시인의 시를 읽을 때마다 도시인들에게 주는 아련한 향수를 갖게 하는 덕목에 고마움을 느낀다.

그의 시 세계는 아름답고 투명하다.

때로는 외롭고 처절하다.

그의 시 중 〈호수에 잠든 전설〉, 〈지금도 그 곳에는〉은 독자인 우리를 사정없이(?) 끌고 가 고향 앞에 세워두는 눈물겨운 흡인력이 있다.

저마다 고향의 풍경은 달라도 고향을 그리워하는 마음은 같다.

시인의 고향이 곧 내 고향이 되며, 어머니를 떠올리게 되는 것이다.

엿판을 메고 육자배기를 흥얼거리며 화개장터로 향하는 힘찬 〈성기〉의 발걸음….

김동리 선생님의 역마의 끝 장면….

성기와 박 시인이 한 몸으로 아른거리며 갑자기 콧등이 맵다.

거역할 수 없는 운명, 먼 길을 돌아돌아 이제야 찾아온 박 시인의 화개장터….

인심 좋은 박 시인은 시골장터에서 볼 수 있는 소박한, 그러나 진귀한 보석들을 우리에게 두루두루 나눠줄 것을 믿는다.

박 시인님!

그림과 시, 시와 그림

어느 쪽이 외도인지요?

이교수

IND테크 대표이사

박무성 시인의 시는 한 마디로 간결하면서도 명쾌하고, 소박하면서도 우아해서 구구절절 가슴에 와닿는다.

바쁜 나의 일상을 밀치고 가끔씩 감미롭게 달려드는 박 시인의 시가 아름아름 향기로 스며들 때면 나는 정말 행복감을 느끼며, 그 무엇을 생각게 한다.

무엇보다 요즘, 개인주의가 우선시되는 세상에 애국과 효가 무엇인지 새삼 일깨워주는 〈무궁화〉, 〈독도〉, 〈물망초 사랑〉, 〈사부곡〉의 시를 읽을 때면 안도와 아픔이 동시에 잔잔한 감동으로 밀려온다.

향수, 애환, 사랑, 희망을 아우르며 담담히 그려놓은 시들이 마치 가슴 울리는 노래처럼 내 마음을 정화시켜 주는 마법과도 같다.

평소 박 시인의 성품처럼 그의 시는 온화하고 맑고 깊다.

아무쪼록 시집 출판을 축하하며 많은 사람들에게 행복을 부추기는 시, 희망과 용기를 복돋아 주는 시를 많이 발표하여 늘 우리곁에 따스한 사랑으로 남아 있기를.

박무룡
전) 한국전력공사 처장
현) 천도엔지니어링 전무이사, 발송배전기술사, 국제기술사

　지난 어느 날 박무성 시인이 『인연의 향기』라는 시집 초고를 보내왔다.

　많은 기대를 하면서 어떤 느낌과 메시지를 전해줄까 궁금하여 열일을 뒤로한 채 읽기 시작했다.

　시를 읽는 동안 그 시 한 줄 한 줄에서 느끼는 향수와 어린 시절 같이 뛰놀던 친구들과 은빛 모래밭 강변이 생각났고 아련하게 지워져 갔던 고향산천의 전경들이 엉켜진 실타래 풀리듯 풀려져 갔다.

　'자작나무'는 내가 시골마을에서 할머니와 함께 아궁이 앞에 앉아 부지깽이로 불을 피웠던 추억과 집집마다 굴뚝에서 평화롭게 피어오르는 연기를 연상케 하였고, '지금도 그곳에는'은 내 고향, 어머니, 코흘리개 친구들이 눈앞에 아른거려 눈시울이 뜨거워졌다.

유독 자연을 노래한 시가 많았는데 읽을수록 그 자연 속으로 점점 빠져들어 옛 기억들이 머릿속을 훑고 지나가 한동안 숙연해지기도 했다.

박 시인은 어릴 적부터 사물이나 자연을 예사롭게 보아 넘기지 않았고 시 쓰기를 무척 좋아하였다. 그랬던 만큼 학창시절에는 각종 대회에서 여러 차례 수상하였던 것도 기억한다.

이제 사회생활을 성공적으로 마감하고 제2의 삶을 위해 평소 꿈꾸었던 시인으로 등단하게 됨을 진심으로 축하한다.
앞으로 박 시인의 시를 읽는 많은 독자들이 바쁘고 팍팍한 도시의 삶에서 잠시 쉬어가는 쉼터가 되기를 기원한다.

박 시인!
제2인생은 자네가 그토록 그리던 시 세상에서 마음껏 날갯짓하기를 진심으로 바라네.
축하하네!

2021년 11월 1일

형이 씀

알알한 감성이 맺히는
시가 주는 울림 속으로….

권선복
도서출판 행복에너지 대표이사

시가 주는 여러 감성 중에 으뜸이 있다면 영혼에 대한 위로일 것입니다.

잘 쓰인 시는 읽는 이의 마음에 잔잔한 파문을 일으키며 흘러간 추억과 고단한 현재, 미래에 대한 상념에 대하여 미처 깨닫지 못했던 어떤 자각을 줍니다. 위로인 듯 아닌 듯한 손길이 부드럽게 감싸안으며 잠시 안락의 세계로 우리를 인도합니다.

그 자각은 읽는 이의 삶을 구성하는 어떤 편린에 관한 개인적인 것일 수도 있고 세상의 보편적인 이치에 대한 진리의 한편일 수도 있습니다.

가장 큰 매력은 그러한 에피파니Epiphany가 아른아른 확 잡히지 않지만 선명하게 다가온다는 것입니다.

박무성 님의 시집 『인연의 향기』는 그런 시들을 다소롬히 모아 놓은 것 같습니다. 덤덤한 어조 속의 시어詩語는 꽤나 짙게 느껴집니다. 눈에 잡히는 듯 울렁울렁 움직이고 있습니다. 장작불 앞에서 노인의 옛이야기를 들으며 불가에 손을 쬐이듯, 막막한 정서와 뜨슨한 촉감이 느껴집니다.

삶의 한 축을 언뜻 비껴 보면서 때로는 슬프고 때로는 기쁘고 때로는 깨닫습니다. 삶이 명확한 대답을 주지 않듯 시들은 무언가를 느끼라고 강요하지 않지만 어느덧 가랑비에 옷이 젖듯이 스며드는 시어들이 감성에 젖게 합니다.

바쁜 현대사회에서 시를 읽는 일은 언뜻 신선놀음처럼 무의미하게 느껴지기도 합니다.

그러나 그 와중에도 시를 읽는 이유는 그 감성 속에 진실에 대한 깨달음이 너무나 우아하게 번뜩이고 있기 때문일 것입니다.

명확하고 논리적인 글이 주는 것 같은 감성이 아니어도 직관적으로 다가오는 이 가치 때문에 좋은 시들을 버릴 수 없습니다.

『인연의 향기』 속 시들도 그렇게 읽는 이들의 삶의 '인연'으로 다가와 묵직한 족적을 남깁니다. 잠시 우리가 잊고 있었던 가치들이 노래하고 춤추며 눈으로 다가와 마음에 흘러들어 옵니다.

차가운 겨울에 따사로운 위로가 되는 시들을 만나 행복합니다.

잠시 나를 생각하고 수많았던 만남들과 인연을 생각하니 기쁨이 은은하게 빛납니다.

우리가 미처 눈길을 주지 못했던 메마른 감성의 일부분이 촉촉한 비를 맞아 반짝거리며 빛나듯 시를 읽는 마음결마다 예쁜 은방울이 아롱지는 느낌입니다.

아름다운 시를 쓰신 작가님의 노고에 감사를 표하며 추운 겨울날 마음의 양식이 되는 책을 발간합니다.

시를 읽는 잠시나마 어려운 고난 잊으시고 시가 주는 만족에 잠기시길 바랍니다.

세상에 좋은 에너지가 넘쳐흐르길 바라며 여러분 모두 풍족한 연말과 다가오는 멋진 새해를 맞이하시길 빌겠습니다.

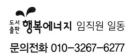